纤纤雨

XIANXIAN YU

张庆昌　编著

时代出版传媒股份有限公司
安徽文艺出版社

图书在版编目（ＣＩＰ）数据

纤纤雨/张庆昌编著. —合肥：安徽文艺出版社，2021.1（2022.7 重印）
ISBN 978-7-5396-7093-5

Ⅰ. ①纤… Ⅱ. ①张… Ⅲ. ①诗集－中国－当代
Ⅳ. ①I227

中国版本图书馆 CIP 数据核字(2020)第 230262 号

出 版 人：姚　巍
责任编辑：周　丽　　　　　　　　　装帧设计：徐　睿

出版发行：安徽文艺出版社　　www.awpub.com
地　　址：合肥市翡翠路 1118 号　　邮政编码：230071
营 销 部：(0551)63533889
印　　制：山东百润本色印刷有限公司　　(0635)3962683

开本：880×1230　1/32　印张：5.25　字数：100 千字
版次：2021 年 1 月第 1 版
印次：2022 年 7 月第 2 次印刷
定价：48.00 元

目 录

张庆昌卷

花海

春天容颜
醉了笔尖
眼缭乱
心浪漫
浓妆淡抹
疯疯癫癫

香气扑鼻
诗情漫卷
平平仄仄作蝶舞
姹紫嫣红上云端

深秋的苹果

树叶稀黄
衬托苹果更加红亮
手心发痒
跳了三跳没够着
竹竿又不在身旁
淬口唾沫上树
树枝摇晃欲折断
几只马蜂从天降

垂头丧气落了地
秋风送爽
那枚苹果
俏脸望夕阳

诗三首

盼

海在盼

千江万河归心田

我在盼

海

不是我的最后一滴眼泪

思念

心播种眼睛

长出火

烤干了白天

燃尽了黑夜

砖

烈火炼成

搬到哪里都铁骨铮铮

秋别

乱云排空
枫叶渐浓
自己的心事
非要另一个人去懂

快快打发寂寞上路
听那一声雁鸣

二泉映月

月光随《二泉映月》

荡漾

心对心

流火七月堪凄凉

不是江南夜色不美

而是此曲断人肠

月入泉

泉抱月

心如止水弹曲人

快盼东方升起一轮朝阳

测量

生活决定方向
飞上飞下
飞去飞回
以巢为中心
养与被养
生命使然

天有多高
空气有多轻
无暇细想
没有儿女嗷嗷待哺
也要为自己操劳

每只昆虫
每个果实
都是很现实的
不振飞一次
谁也不会自动送到嘴旁

有个巢就很幸福了
日月星辰
风霜雨雪
能适应就好
坚强活着比什么都重要

能飞多高
能飞多远
日子里有杆秤
不再为虚名
徒累自己的翅膀

纳

是你自己飞来的

一个有雨三级风的早晨

我的心头多了一份伤感

因这凋落的美丽

是的,这是夏天的风雨

春天刚走

那个带来百花争艳的春

作别时只留给花儿一种选择——

要么长出果要么沦落成尘

幸与不幸已经做出了选择

赶上有风有雨的日子飘落

运气算不错了

起码有了借力

驾着小风头

成为一朵含香带润的泥

高有高的优势

低有低的好处

无论飘落到哪里

记住自己曾经属于树

晃

说好
赶着春头来
怎么春尾了还不见？
是和姹紫嫣红开玩笑吗？

等一个人真的好幸福
也真的好辛苦好痛苦
空等一场的感觉
用一万种理由来解释
都对不住这草长莺飞的季节

花红草盛你都不来
梦里的沧海桑田
真不知怎么办才好

幸福草原

草香一浪高过一浪
每片羊群都划桨
牧歌呼唤着苍鹰的翅膀
露珠将昆虫的眼睛洗亮
铃儿响叮当
奶香飘满山岗
嘚！驾！
马儿向东方
太阳出来闪金光

天蓝云白草绿花香水清
这是草原印象
这是生活的向往

站一站走一走跑一跑躺一躺
都是满满的幸福
还有爱人
把红纱巾盖在我脸上

走进戈壁滩

(一)

闻一闻沙石

带着浓浓的咸腥

这里曾是大海啊

沧海桑田

不变的是这硬朗的风

(二)

旅游与探险

最本质的区别是到什么地方

身处茫茫戈壁

面对荒无人烟

即使你做了一千次准备

下了一千次决心

设计了一千次预案

浑阔辽远的抒情也不会此时冒出来

你会下意识地摸摸水袋干粮袋

然后挨紧你的同伴

还要看看来时的方向家乡的方向

这里的一株草一滴水珠

都是你至亲至近的人

甚至狼嚎

都是亲切的呼唤

（三）

来这里旅游

更像是冒险和探险

那看似很近的山

你可能要走上一年

那看似波光荡漾的水

十有八九是海市蜃楼再现

知识告诉你现实告诉你经验告诉你

这里的湖泊已经消失了千年万年

为了安全起见

这还是走在戈壁滩的边缘

能走入戈壁滩中心的人

一定是铁打的英雄钢铸的汉

（四）

走入戈壁滩的人

才会真正体验到什么是冷暖

这里的冷暖不分四季

午间穿纱也可光臂膀

但早晚一定要穿棉

这里不洗脸不洗澡是常事

沙海无边戈壁无边

刮一刮风

嗓子就冒烟

（五）

这里有雪

也能盛开雪莲

但需要你有一副铁脚板

发现雪莲是你的运气

没有雪崩更是你的运气

这里的星斗硕大美丽

这里的日出日落雄浑神奇

大漠孤烟直

长河落日圆

触景生情背背课本的诗句

你要写出新意
先让脸爆下几层皮

（六）
游戈壁滩
拒绝冲动好奇
这是勇敢者的壮举
胆小者懦弱者莫入
是强者自会点石成金

青瓷片

捧于掌心

残花败蕊

整体难寻

一旦不能复原

历史也只能发出叹息

繁荣

日月星辰收获清新
景致才有了依托

花草树木
江海湖溪
使劲地乐
人会有金山银山之歌

中国血液

黄河长江浩浩荡荡

奔放如万马奋蹄

矫健如巨龙腾飞

自盘古开天地

黄河文明长江文明

波光耀眼

卷起千堆雪

中国血液

盈盈不亏

汩汩不竭

生生不息

中国血液

历经王朝轮回

历经外敌入侵

历经军阀混战

直到中国共产党成立

才有了伟人庄严的宣告
才有了人民振臂高呼

中国血液
取得抗美援朝胜利
战胜三年自然灾害
实现两弹一星
迎来改革开放
加入 WTO
举办奥运会
"嫦娥""天宫"翱翔宇宙
"一带一路"建设
"两个一百年"奋斗目标
举国沸腾
撸起袖子加油干

中国血液
在进步在发展在腾飞
肩负民族的伟大复兴实现着中国梦

中国血液啊
铸就长城风骨

屹立五岳之巍

展示西湖之秀

描绘雄鸡高唱之蓝图

中国血液啊

必得天佑

其道大光

雄于东方

万寿无疆

我的中国

五千年文明
我们看到了：
三山五岳披秀
江海湖溪闪彩
湛蓝的天空
日月同辉
人民勤劳勇敢智慧善良

强大过
强大到叱咤风云千国朝贡
软弱过
软弱到鸦片泛滥任人宰割

历经风风雨雨
一次次擦干血迹
一次次缝补起令人痛心的残破
重新找寻救国救民之路

正如长江黄河

虽历经曲折也要滚滚向前

纵有高山深壑也挡不住奋进的性格

正如雄狮

沉睡久了一定要醒来

怒吼一声世界也为之震撼

正如巨龙

潜渊久了一定要腾飞

奋力一击便排山倒海

历史走到一九四九年

我的中国

终于迎来了崭新的生活

农民俯身成为坚固的基石

工人昂头成为钢铁的骨骼

士兵用钢枪捍卫美好的未来

知识分子用智慧描绘绚丽的色彩

我的中国

越来越强大

"两弹一星"

打破了核讹诈核封锁

"嫦娥""天宫"翱翔宇宙

带给神州大地一片欢歌

实现中国梦

让人民有了理想

让民族有了希望

一带一路建设

把和平发展的福音传到了世界每一个角落

我的中国

雄鸡一唱越来越靓

长城巍巍越来越帅

厉害了!

我的国!

我要把你紧紧拥抱

深情呼唤——

我爱你,中国!

母亲啊

（一）
熟悉您的气息
我以拥抱的方式
依偎您依赖您
母亲啊
您能读懂一个婴儿
无言但充满感激的目光

（二）
坚定您的方向
我以学步的执着
蹒跚地扑向您
母亲啊
您能读懂一个幼儿
无比信任的内涵

（三）
肩负您的嘱托
我以冲锋的姿势

将胜利的红旗插到敌人阵地的前沿

母亲啊

您欣喜地看到一个新中国的诞生

有您儿子青春的身影

（四）

每个清晨

我都会高唱国歌

注视着五星红旗徐徐升起

母亲啊

您一定知道儿子已将一切献给了祖国

用先进的思想革命的干劲

投身到社会主义现代化的建设

（五）

每个中秋节

我的心中都有一轮美好的明月

无论身处何地

都会将万家团圆的祝福带进梦境

母亲啊

您一定了解儿子的家国情怀

祖国美家乡才美

人民幸福个人才会幸福

（六）

母亲啊

我的梦想就是成为一只鸟

每天飞到您的窗前

早晚问安

我还用悦耳的歌唱

陪伴您的牵挂

化解您的惦念

（七）

母亲啊

我的畅想就是成为一条鱼儿

游进您的关怀

陪您一起看海：

沙滩

椰林

珊瑚礁

还有外婆的家

（八）

母亲啊

祖国处处都是好地方

长江奔腾

黄河澎湃

长城巍巍

三山五岳秀峨

您的欢笑在哪里

儿子的祝福就在哪里

母亲啊

青山绿水

锦绣平原

都是咱的家

愿祖国永远富强

愿您永远安康

渔女情思长

湖水红了

是红纱巾染的

朝阳一笑

躲到荷叶底下

偷看姑娘打鱼忙

湖水长

浪打浪

撒下千结网

风送荷花香

湖水长

浪打浪

朝阳变夕阳

收起网

鱼满仓

船儿沉甸甸

就差一个他

——来帮忙

春寒

水清心静月满
和这座湖交谈
思绪总走不进春天
是雪野太坚强？
还是梅花太缠绵？
燕子无痕
柳鞭无迹
青草地尚在梦里

是的
春天来了
是别人的春天来了
是别的地方的春天来了
于我
春天是一组数字——
1234567
管弦空对双月
无眠

海誓山盟

真有山真有海
还有一条石板路
雨点戏耍着我们
欺负我们没带伞
我脱去上衣为你遮雨
你咯咯笑着
指着路旁的梧桐树：梧桐对古铜
我拍拍腱子肉
自我解嘲：这是青春流行色
洗干净的上衣你没有还我
你说那是云的颜色
要带它去远行

从此
我的思念湿漉漉的
总盼望下一场雨
那时候
我的云该回家了

望鸟

鸟的姿态
忽高忽低
忽左忽右
借助气流
为飞翔服务

真想做一只鸟
因为我是目的性很强的人

别人何曾不这样想？

知道不会成为一只鸟
千方百计让心去远方

失恋游西湖

那么多传说、史传陪着我赶路
西湖,你是我的梦中情人

正是梅雨时节
怎么看那雨丝
都是我的单相思

脚步轻轻目光柔柔
堤柳池花流水
带着雾气沾着香气荡着涟漪
在每一个地方
等我流连忘返

识西湖
今天就是这种心境:
范蠡远去
佳人不归
于眼于心

画

云开会
弄来雪花
为原野画了一幅画

画了冰湖打鱼图
画了小猫小狗踩梅花
画了迎亲队伍吹唢呐

有位小姑娘
最爱画雪花
画得雪花迎春舞
画得雪花发了芽

岸边

守着湖
像照着一面镜子
秋野正香收割正忙
望南飞的翅膀
我的思绪有些沧桑
霜儿已落了两重
久坐黄昏有些凉

夕阳依旧鲜艳
东方悄悄升起半轮月亮
一方回味恋恋不舍
一方眺望冷若冰霜
你降我升
你唱罢我登场
天道轮回你来我往

湖水随风哗哗作响
谁又为我守候？
一条船正构思着去远方

非所愿

花朵托起蝴蝶
让它飞高飞远
蝴蝶却被色彩迷住了双眼
舍不得离开这片家园

蝴蝶翩翩
蝴蝶翩翩
直到被秋霜打残

期待的过程

这日子过的
整个冬天
你我守在炉火旁
探讨烤白薯就白开水的默契

日子没有细数
唯有一簸箕一簸箕煤灰堆到院外
有的带着雪花
有的挟着雾霾

熬吧
熬吧
熬到煤堆里长出春天

岁 月

看雨
看雪
不如看云

云是它们俩的眼睛
一发黑
世界就变得朦胧

心情
雨中拔节
雪中贮藏
寒来暑往
左右脸长出两个字：
适应

墙

或长或短
或高或矮
形式多样
质地参差不齐

有人扶
有人爬
有人跨
有人踹
有人推

立有立的理由
倒有倒的说法
经风经雨
墙看清了里里外外的世界

年关

有人为钱愁
有动物为命愁

年到了
关设了许多卡
挺胸的
低头的
富裕的
清贫的
拿着长一岁的通行证
进进出出
忙忙碌碌

饺子吃过了
亲友访过了
笑脸还原成自然脸
照照镜子
心说:有点累

荷香

蛙歌中跳跃吧
清风中舞蹈吧
涟漪中入梦吧
住在不染城
水君子最爱赋诗

日光月光星光
谁人不输一段清香？
来来来
讲讲畅想
披上霓裳

童年的梦

将梦
种在柿子树下
秋后
梦盛开了一个个小灯笼

将梦
放在溪水里
鱼虾给梦弄涟漪
笑声里盛开着朵朵浪花

将梦
系在风筝上
和白云比高比远
最后输给了袅袅炊烟

霞的爱情

漂亮女孩是霞
让小伙的眼睛着火
朝阳夕阳是漂亮女孩的父母
想获取霞的芳心
先要赢得整个天空

陈官屯镇二十四里运河

运河弯弯

草木掩映

带给陈官屯别样的景

带给陈官屯别样的情

两岸

富庶的村镇打造绿园经济

笑迎八方宾朋

陈官屯镇

因运河而生

因运河而兴

因运河而荣

御河的称谓

让这里千帆云集

漕运的地位

让这里车水马龙

两千多年的船歌经久不息

从古代走到现代

不知疲倦地承载起岁月

连接南北经济文化

和着阳光月光星光云光

和着涛声号子声

和着春风杨柳柔情

陈官屯镇

大运河仍保持着历史原貌

铜帮铁底

河水清甜

盛产鱼虾鳖蟹

孕育两岸瓜果蔬菜

紧跟时代的步伐

创造着传统与现代的文明

陈官屯镇

昔日的草房坯房也齐整

过去的砖房瓦房也纯朴

今日的楼房大厦更是夜市千灯

杨广再来南巡也会惊诧翻天覆地之变化

康熙再来驾临也会感慨万千诗篇如潮涌

乾隆再下江南也会在此再建行宫——

静邑之美景不输南国肥绿瘦红

动人的传说

悠久的文化

勤劳的人民

肥沃的土地

质朴的乡情

吸引着人们的眼球摩肩接踵

喝一 口甜甜的运河水

忘不了这条母亲河

尝一尝绿色食品

对这片土地的爱会油然而生

陈官屯镇

独特的运河景

独有的运河请

到这里来

到这里来

运河的美会圆你一个好梦

题杨柳青年画《连年有鱼》

一尾鲜红的鱼
被一张可爱的脸迷住
欣然入怀
运河泛起浪花香

运河从北京城到余杭
叩响铜帮铁底
带着铿锵的鼓点
带着圆润的道白唱腔
千帆云集
一幅画一台戏般
在岁月的深处游走

岸雷打不动
水径流不息
这尾鱼和着船帆云影
一游就是几千年
让一个镇永存生动
让一个儿童永伴节日的笑声

张庆贺卷

粉笔魂

写
不停地写
把责任担起
牵动学子的眼眸

用虔诚抒写真谛
用白雪迎接春天
当理想长成森林时
谁说三尺讲台
不能绘制最美的画卷？

话童年

回首童年
人生最懵懂的光阴
都是那么纯真无瑕

那时我们没有手机
每天却生活得快快乐乐
那时我们没有电脑
每天却用铅笔把一道道题演算

不同时期的童年
有不同时期的苦
有不同时期的甜
各有各的圆满
各有各的缺憾

不同时期的童年
都在脑海中放映
都在梦境中回味

理想

徘徊于幽静的田间小路
吸吮一缕五月的清风
思考往日的人生路
将懵懂的岁月给予虔诚的向往

俯仰天地之间
打开心灵的天窗
慢慢寻找七彩的花季
点燃激情的人生

尽管岁月载我拥有欢快的童年
尽管双亲赐予我绿色的摇篮
尽管我成长于胜境的桃源
尽管温馨让我心潮澎湃

有的活得崇高
有的活得卑鄙
有的活得精彩
有的活得平庸

当告别多梦花季的时候
才顿悟出人生的真谛
人生本来就是起起伏伏
免不了遭受风雨

人生本是一部书
每页记载着美与丑
它是摇摆不定的天平
不知何时偏向哪方

人生是播种机
耕耘出贫穷与富有
它不需要伟大的壮举
遇事应波澜不惊

人生是指南针
指明你到达彼岸
无论成功还是失败
坚定信念你读懂了人生

不要认为自己是一只雏鹰
树立自信能弥补稚嫩的翅膀

只有经过风雨的洗礼
羽毛才能变得丰满

实现理想的人
要在生活中不断打造
追求理想的人
最终收获成功的果实

理想不需语言的装饰
脚踏实地是它的根本
理想不是仙草妙药
坚守安分才是正道

理想是桌上的美味佳肴
品味后方晓它的价值
无志者抛弃理想
而它却坚贞地等候

理想是远航的坐标
有了它不会失去方向
平凡者心存理想而变得伟大
关键时它能直起脊梁

理想是沙漠的驼铃
只有永恒才能实现梦想
请抓住它的细绳
朝着你喜欢的地方前进

理想既是一种收获
又是一种无情的牺牲
大千世界总有轮回
加倍努力终有收获

理想是风向标
树立自信积蓄力量
驰骋于广阔的草原上
策马挥鞭载我远行

无愧人生

（一）

不是每一次播种

都有收成

不是每一次博弈

都能取胜

不是每一次努力

都能实现理想

不是每一次攀登

都能问鼎

哦

只要你把握住自己的命运

只要你寄托了自己的虔诚

痛苦也是一种欣慰

失败也是一种成功

（二）

不是每一次星火

都能燎原

不是每一次航行

都能到岸

不是每一次斑斓

都能迎来朝霞

不是每一次旅程

都能顺畅

哦

只要你奉献了青春与生命

只要你无愧于人生

平凡也是一种伟大

短暂也是一种永恒

（三）

人生本来就要几经磨砺

不拼搏则有愧于人生

人生路本来就起起伏伏

怯懦者则有愧于人生

人生本来崇尚仁义礼智信

无德者则有愧于人生

人生本来需要温良恭俭让

离经叛道者则有愧于人生

何玮玮卷

感受年味

孩提的年味
已被城市快节奏的生活淹没很久
无声的爆竹淡了远去的年
回到西青
我又捡回了新年的喜庆

在杨柳青的年味里
我欣喜地沉浸在热炕头的梦乡中

漫步在津沽运河畔
观赏翰林墨宝
体会古雅之韵
仿佛身在江南水乡

踏进年画馆
年味扑面而来

年是年画里的大娃娃
怀抱丰收

手托希望
带着吉祥的微笑

顺着明清街
找寻到石家大院
门外的大红灯笼
像是在向我招手
告诉我年就在这里

吃甜甜的酥糖
来美味的茶汤
年在甜甜蜜蜜中开始了
年是春天炸响的爆竹
点燃希望
放飞梦想
收获漫天飘落的喜庆

遥远的她

遥远的塔尔巴哈台山脉
因为遥远
我只能静静遥想你高耸入云的身躯

遥远的夏塔的河
因为遥远
我只能在梦中听你萦绕的歌声

遥远的库鲁斯台草原
因为遥远
我只能想象——
驰骋的马
雪白的羊
葱绿的草

遥远的她
因为遥远
我只能托清风去抚摸你那熟悉的脸颊

母亲

母亲
您那乌黑的长发
如今为何多了几缕银丝？
是不是那顽皮的风儿
吹白了您的头发？

母亲
您那慈祥的笑容
如今为何添了几道皱纹？
是不是那逝去的 时间
刻画在了您的脸 上？

母亲
您那结实的身体
如今为何有了几分疲惫？
是不是那无知的我
劳累了您的身心？

母亲呀！

纤纤雨

时光荏苒

岁月变迁

消融了一切

而永恒不变的

是您大海般的爱

唐伶灵卷

开门见山

铺陈点染

请留给文艺会演

引经据典

也要围绕重点

重复又重复

威风在拖沓延时里尽显

碎碎念念中耗时间

收效微浅

某些仪式感

当精简就精简

目标明确

实干比语言意义深远

为您写诗

您欣赏李白

说他绣口一吐就是半个盛唐

您可知无需白衣长袂

您也有谪仙人的气度

您渴盼团圆

爱心望浅了海峡

黄河长江澎湃了赤子心波

巍巍昆仑积蓄着坚毅执着

栖居于灵魂的诗意啊

洗濯着喧嚣的嘈杂的浮躁的

一颗一颗

天上人间何以比拟

拜托长风送一场雪

静静的

洁白无瑕温润如玉

似您的品格

有一个地方

大美尧都盛世华夏
邈远的风带不走熠熠星光
皋陶荀况的洞明
文公子夫的练达
尧君的贤圣万代仰敬
于时空里开了花儿

德有香萦绕于千山万水之间
品有形豪杰络绎璀璨长天
造化钟晋赐以神秀之境
晋独爱临汾集地灵人杰于一身
民族的血液于脚下喷发
人类的文明在大地绵延

黄河东太行西
有一个地方
是根脉是血缘
是梦里的呓语
心心念念

淡淡

这会儿

一大片云

碎了

幻化成呆萌的独角兽

刚刚大团大朵的棉花糖

未及摘

恍惚间

白浪滔滔

美

不贴专属标签

攥在手里的味道

太重太咸

四季中开落

更迭里舒卷

慢慢品

细细看

淡淡再淡淡！

爱情茶

心湖底原有一座火山

休眠的

岩浆滚滚电光火石的刹那

起因轻描淡写

蜻蜓纳罕

点水而已

何必认真

知你蹁跹实为尖尖角的小荷

怎忍小题大做？

风也忘了

一片香茗翅尖掠过

搅沸清波

血脉奔腾热浪化作烈火

煮一湖水仅烹一盏茶

千里外的人儿

清香在鼻翼间缭绕？

泉声泠泠舒展了陆公的经文

酿一滴红泪

爱情于氤氲里开了花

今昔女子

陌上柳色青青
新燕呢喃
天微亮
穿着粗布单衣汲水舂米

公婆孩子仍在梦里
你已煮好了饭喂饱了鸡
山水迢迢繁华长安
有人骏马得骑春风得意
脉脉斜晖中你独倚高楼
万千思念拜托春风寄去

若你是橡树
我便是近旁那株木棉
根根交错叶叶相依
若你是岩石
我便是温柔的海浪款款迁移
尊重却不攀附 仰望你
也建造自己

纤纤雨

如果惦记
不托清风不求细雨
推开门奔向你

新时代里
展览千年的神女不再是膜拜的传奇
三从四德被丢向深渊摔成粉齑

月下瓷白的茉莉花儿开了
皎皎清辉里有微笑有泪滴

津门的春

长白山脚下的春天
是一点一点化开的
冰凌花醒了
鼻尖顶着冰儿
俏皮得紧
七九的河面
严肃挂了满脸
好不骄矜
莫不是衣衫太长裙摆宽？
东北的春任你千呼万唤
犹豫着犹豫慵懒着慵懒

津门的春全不这样
云厚霾重阳光一腔赤诚
满枝满丫次第暗香浮动
东风偏爱恶作剧
寒潮来袭
可是麦田愈青柳堤更绿
一枝红杏伸出手臂

苛责

五官挤进哈哈镜

咆哮发狂

一头凶悍的母狮

将利爪踏在幼小的心田上

含泪的眼水波连连

挑剔的目光

怨怼的语言

自信的小树枝摇叶晃

七零八散

习以为常久了

苛责便理所当然

你也曾是孩童

顽皮任性

你也曾是少年

野马脱缰

怎不换位？

怎不思量？

我的老师
——致张庆昌老师

谈吐间神采奕奕

眼波流转孩童的好奇

成熟的心智

关不住顽皮

春未到

您已带来莺飞草长的讯息

一件事坚持了三十年

不怠慢文学

不辜负冬花夏雨

留住诗情挽着画意

从《乡土》到《大运河文艺》

一颗初心

一段传奇

秋叶落兮

思接千里

笔生暖意

您给世界的惊喜绵绵不息

我的老师

——致韩树云老师

如学生般坐在教室后
动情时会笑
也跟着回答

手中的笔不停下
像新入职的老师般
坐于会场前
困惑了也蹙眉

手中的笔不停下
听过多少堂课
主讲人用心的敷衍的
始终静静思索

手中的笔不停下
谦逊执着成就了蕙质兰心
融进骨子里的典雅告诉我
诗书在腹气度自华

大师秉承工匠之心

将语言文学反复琢磨

笑看芳草

喜望桃李

冰心里萋萋灼灼

等风来

爱的本质是奉献

奉献就有牺牲

利益或生命

自横刀向天笑心甘

留肝胆两昆仑情愿

提早为自己设好护栏

爱不贴限制标签

义与不义同等

光明抚过黑暗

善良无伪不惧大庭广众下的指点

等风来将爱吹散

天上人间

值得歌颂的

都温暖

纪念

改签了车票掉转方向

没有你的人生依然骄傲

谁若太计较付出得太少

俗世爱情脆弱如沙雕

忘记呵护

一碰即倒

犹记得某年白雪飘飘

我在你背上哼着歌谣

深深浅浅的脚印扰乱山的寂寥

幸福的味道空气中发酵

青春的风吹散爱的气泡

抽空思念

谁欠谁的话题太无聊

岁月的沙酿成伤的解药

搁浅回忆

潮汐一过痛就好

家在北方

无论走到哪儿

我都随身带张地图

勾画处折痕泛白略显模糊

九百六十万版图

不起眼的一隅赫然醒目

她入我梦住我心头

是我割舍不下的情愫啊

我常想：故乡是什么？

是银装素裹的塞北白雪飘洒漫山遍野

是冰凌花闪光的小镇悠然恬淡松柏傲然

还是村口黄昏翘首以盼的母亲？

鬓边微染

腰背渐弯

葡萄架下

奶奶指尖轻挑

蒲草编织的苇席把童年缠绕

秸秆堆边

孩子们挖空陈雪建好城堡

给看家的雪人扣顶小红帽

两桶水浇到山坡

溜滑的赛道

冻不住的快乐肆意招摇

故乡更像心中隐秘的故事

三杯两盏淡酒

心绪流淌成河

疾风晚起

浪花正娓娓诉说

我从北方来带来满身风雪

走过寒冷的冬

才知更冷的不是季节

我从北方来

那是白皑皑的世界

看惯了天地的浑然晶莹

对黑暗丑陋的憎恶更炽烈

故乡原来是爱恋是源头

是与生俱来的

精神品格

最好的你们

我有一群野生鱼装在罐头瓶子
初雪的早上你捧得小心翼翼

指尖通红
睫毛染霜
细长的眼格外明亮
枝上麻雀叽喳
在老树下
我们给每条鱼起好名字
单调的教室陡然间盈满诗意

收到一封信
满纸的数学题
过程详细
讲解清晰
字体洒脱不羁
落款处没有署名
我也知寄件人是你

从哪儿找来我的考卷

何时抄下我的错题

不问你

心里是满满的感激

一抽屉的秘密

是我们心照不宣的甜蜜

最美的季节有最好的你们

最好的你们

给了我

最美的回忆

独处

一个人吃饭

细细嚼慢慢咽

放不放葱搁多少盐什么口味

自己说了算

一个人去图书馆

依窗的角落是首选

期刊言情玄幻

没人关注你的书品

高雅或烂

一个人旅行随意而散漫

望雨水洗过的天空

从清晨到傍晚

搁浅久了的老船

为不知名的景观湿了眼

托南归的鸟带张彩笺

心若热闹

何处孤单

从你的全世界路过

几朵云栖息

落光叶子的枝干

大树举着棉花糖

几只鸟低回

通体透明的小溪

游弋的倒影

波光绮丽

谁是你的风景

你让谁拿起相机

不期而遇的美好才美好

妙手偶得的珍贵方珍贵

杏花微雨

海上晨曦

单调的不是日子

是日历

老唐

当民兵连长的时候
他是十里八村数一数二的神枪手
打空的子弹箱子里
有《红岩》《红旗谱》《高山下的花环》

彼时
人们叫他小唐
小唐用排笔画门斗
蹒跚学步的女儿兴致盎然
她把颜料挤进小碗
搅拌再搅拌和成黑乎乎的一团

辛苦得来的宝贝毁于一旦
小唐的眼里火苗高蹿
扬起的手青筋凸现
终是愤怒被稚气消减

儿子降生在一九八三年
小计划把大计划打乱

丢工作交粮食

还罚了七百块钱

从此操起铁镰

与土地为伴

一挥手便是三十年

织网编筐打柴

插水稻种玉米锄菜园

放羊养牛看瓜田

端起了酒杯也点着了烟

箱子里的书早被儿子撕烂

钓鱼能一天不吃饭

打牌一个月不见家人面

如此癖好荒废了营生

日子愈加惨淡

逝去青春的老唐偏偏沉浸流连！

顿悟在电光火石间

放弃了麻将也戒了烟

拿起《毛泽东诗选》

非要弄个所以然

他不知岁月更迭

堆积了太多儿女的不满

他的倔强

我们的挑剔

他的懒散

我们的看不惯

他的无所谓

冻结了我们的挂牵

却忽略了

如今再不是

他一辆单车驮俩娃的当年

看老唐摆好笔砚

皲裂的手顿了几顿不太听使唤……

这几年他格外勤勉

修剪绿化带

打扫服务区

洗杯子刷锅盘

总在别人赞许挽留时他递上辞呈

美其名曰生活要多体验

其实这老头儿

明明就是

一肚子的不合时宜各种看不惯……

几经努力

手依旧打战

他不烦不恼摊开纸练了又练

两天后

老唐郑重写下了陶渊明的诗篇

嘴里慨叹时运不济命途多舛

我特想问

是岁月辜负了人

还是人枉度了华年？

思量过后

缄默代替怨怼

开一瓶酒

烤一把羊肉串

搪塞了他的茫然

在回东北的车上

老唐告诉我

给孩子留了点钱
藏到了全家福的后面
和钱放在一处的是一封信
落款赫然：永远爱你的父亲

读懂这句话
要用多少年

我们对父母
总有亏欠

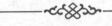

王希文卷

李小龙故居

凤凰展翅欲冲天，
武林百门庆团圆。
风吹荷叶枝枝舞，
鸟鸣青山声声甜。
情侣路上结连理，
月老庙里缔姻缘。
烟雨迷蒙心何在，
梦回乡关展笑颜。

黄鹤楼

九省通衢黄鹤楼，
龟山之上世纪钟。
武昌起义千秋业，
武穆戍边第一功。
一桥飞架通南北，
万里长江贯西东。
登楼望远心澎湃，
建功立业不老翁。

清晖园

佛山顺德清晖园，
古园美名天下传。
翠叶集珠新雨后，
白瀑飞下古峰前。
状元阁前回廊绕，
锦鳞游戏脚石边。
八面玲珑石林立，
古树参天游人闲。

登岳阳楼

洞庭八百里，
岳阳千古楼。
风静古木翠，
气蒸万舸游。
台前鉴古迹，
胸中有乐忧。
斯人何处去？
百姓心中留。

游越秀公园

越秀连山叠翠屏，
小溪蜿蜒爱柔晴。
五羊献穗吉祥地，
孙文起义英雄城。
粤秀院里传佳话，
观音山下紧军情。
千年古城何处去？
改革开放排头兵。

南海观音寺

南海观音在佛山，
青龙伏虎守两边。
彩云亭边送衣棉，
菩提树下祈姻缘。
观音悯农分食饼，
牯牛听经结佛缘。
晨钟暮鼓福寿地，
荷香塔影人流连。

华南植物园

千奇百怪树，

万紫千红花。

丽日当空照，

芳草铺地佳。

溪水入池塘，

亭榭散山岬。

曲径通幽处，

送我至园家。

湘妃墓

娥皇女英夫婿贤，
巡游天下苍梧间。
噩耗传来肝肠断，
君妃芳魂眠君山。

飞来钟

钟相杨幺义君山，
均富等贵解倒悬。
飞来钟鸣传警讯，
三军将士勇向前。

柳毅井

柳生落第事蹉跎，
泾阳路边遇青娥。
望眼欲穿寻橘树，
洞庭传书磨难多。
三明心迹婚姻拒，
一片痴情衾裒合。
当年路迹今犹在，
井泉香洌永不涸。

端午节

千帆竞渡赛龙船，
万里粽香祭屈原。
行吟泽畔忧国事，
忠爱君国为黎元。
上下求索缘路远，
小鸟飞倦返故园。
才华横溢人人颂，
志行高洁代代传。

关帝庙

手执春秋捋美髯，
周仓关平护身边。
斩将闯关勇为首，
挂印封金义当先。
单刀赴会浑身胆，
水淹七军气冲天，
武圣踪迹何处寻，
万民瞻仰在伽蓝。

醉中秋

天上彩云绕婵娟，
人间中秋庆团圆。
千樽美酒赏明月，
一缕相思梦君颜。

五台山

佛国五台山

凡夫结佛缘

寺隐远山处

鸟鸣深树间

普贤法相严

太上感应篇

行善戒贪念

早日回灵山

病中偶得

身染微恙入牢笼，
孤独焦躁起无名。
餐餐清淡有菜色，
针针见血现殷红。
白衣天使护理精，
杏林高手药方灵。
病友互助齐努力，
战胜病魔增友情。

同窗情

当年别师专,双眼泪涟涟。
辛勤育桃李,转瞬三十年。
今又聚盘山,苍颜换笑颜。
同窗重情义,再聚三十年。

思周公

十年面壁图救国，
万里征程尽坎坷。
几度扶危匡正义，
一心为民寻福果。
鞠躬尽瘁病沉疴，
十里长街泪成河。
环球降旗将公敬，
中华崛起慰英模。

赵元赫卷

南运河,我的童年和少年

一顶柳条帽扮靓了我的童年

我是鹅司令我是鸭司令

鹅蛋鸭蛋馨香了妈妈的炊烟

一声苇笛响亮了我的少年

我唱着跳着

金色的阳光荡漾在船边

棉鞋

我对棉鞋有种特殊的感情

因为它是温暖的源泉

母亲就像棉鞋一样

让子女踩在脚底

只是默默给予子女温暖

母亲

我要记住您的深恩

月亮船

谁把我的奋斗划来
谁把我的理想载来
我欢快的风帆里
落满了星星鸟的喝彩

做一名好少年
就要拥抱拼搏
战胜道道波浪
让宇宙
因为我大放异彩

我的理想如莲

氛围随绿水

思想如清风

不蔓不枝

高雅贵洁

舒展深情大叶

绽放美玉花朵

踏淤泥

养浩气

我要让空气漫芳

我要让生活溢彩

太阳花

后羿给我一枚种子
我种在土里
长出金色的叶子
开出太阳花

太阳花
白天望着太阳
晚上望着月亮
让我的故事
在日月年轮里
成长

张美琳卷

向你介绍我

我是茫茫严冬的一朵雪花

无声无息地来到这个世界

明洁的眼睛是我心灵的窗口

在我的世界里

是一片森林

我倾听着鸟儿的朗诵声

沉醉在书的油墨香中

我的心就是如此充实

我的心中

有一把彩虹的尺子

激励我不断奔跑

追逐秒针旋转的速度

奔向成功的黎明

我平凡

或许只是微不足道的一滴水

但我有幸福的家

我好快乐

我好快乐

我有志向

我有追求

我可以领略大千世界

我可以踏遍神州大地

我好快乐

——春天也在前方等着我

致张庆昌老师

斑白爬上了双鬓

岁月之刀

在脸上刻下些许皱纹

但您仍很年轻

眼睛明亮

情怀火热

孜孜追求中

脑海中长出智慧树

结出文学的果实

笔尖是扁担

挑起一筐筐书香墨香

撒向田野

让每棵

印证朴实

在蓬勃中期待金黄

犬荡

记不清何时

你到了我家

可现在

只剩了一张照片

看着你的眼神

却再也读不透你的心

抚着你的头

却再也感受不到你的温度

眼前

只是那张冰冷的照片

我多么希望

你能再撒着娇呜呜地冲我叫

我多么企盼

你能再蹦跳着追着我跑

我多么渴望

你能再准时在门口迎接归来的我

我无力地一捧一捧

把土放在你瘦小的身躯上

泪划破脸颊滴在地上

再见了

我的灰曜

就让这盛开的野菊花陪伴你吧

愿你在天国

能够不像现在一样瘦弱

能够每天都快快乐乐

下辈子

我愿做只像你一样的小狗

希望你

做我的主人

程俣卿卷

阴天

我总会享受这天下的"奇"景：
每当一块厚厚的乌云飘来，
天空便被分割成了两面，
阴一面，阳一面。
让人不禁想问：
天宫怎么了？
尽管这时间，
宛如昙花一现。
继而乌云笼罩天空，
似黄昏却缺乏了些许光晕，
如黑夜却丧失了些许黯淡，
让人感觉置身于一个神秘且充满未知的国度。
我爱阴天！

晴

早上一睁眼，
便有阳光照耀。
八九点钟，
独身坐在院里享受日光的拥抱，
抬头望望天空，
才知天高云淡的美景。
这景色，
让忧郁的人变得明朗，
使孤单的人感受温暖，
我伴着声声鸟鸣，
体会晴的魅力。
我爱晴！

雨

轰隆隆——天宫打起了鼓,

一道闪电点亮了半边天,

随即,

豆大的雨点砸了下来,

我跑回屋内,

在落地窗前看着玻璃上的雨珠缓缓淌下。倾

刻间,

地势较低的地方便成了一片汪洋。

多么豪放的雨!

有时,

雨会悄无声息地滴落在我的皮肤上,

毛毛雨,细针般地斜织着,

我爱与它们在院里共舞。

我爱雨!

雪

雪总是在我想不到的时候来看望我，

漫天的雪花似柳絮般飘飘洒洒，

飞向任意一块它想去的土地，

落到我张开的手掌，

感受着我的热情。

雪地中一串脚印便是我迎接它的道路，

它用洁白的心灵感染着世间万物，

让人感到自己是在梦中一样，

不禁要问：

这是传说中的冰雪世界吗？

我爱雪！

勇气

生活中处处都需要勇气，
有许多人成为了我们的榜样，
如果刘胡兰没有勇气来面对敌人的铡刀，
又怎能万古流芳？
如果爱迪生没有勇气面对失败，
又怎能成为伟大发明家？

再看看平凡而又普通的我们，
谁没有跌倒过？
谁没有挫折过？
如果我们没有勇气面对，
又怎能成为生活的强者？

古往今来，
一切都需要勇气，
绚丽的彩虹只有经风雨的洗礼才会出现。
让我们拿出勇气，
笑对面前的一波一浪，
迎来属于我们自己的辉煌！

郝鑫颖卷

诗二首

牵牛花

清晨

你吹起了迎接朝阳的小喇叭

傍晚

你的熄灯号送走了晚霞

小小的牵牛花

悄悄地静静地开放

奋力地向高处攀爬

花木兰

你是农家一枝花

号角高鸣

代父从军

脱下红妆穿盔甲

惊艳了男儿天下

126

聆听流水的声音

天空哗啦啦地落泪

水滴开心地在地上聚会

我如流水

就这样诞生了

闭上眼睛

仔细聆听

你是否听到了

我的歌唱

我一路唱着歌

流过平原

流过高山

流过湖泊

我不羡那展翅高飞的雄鹰

不羡那风驰电掣的猎豹

我微小

却不渺小

我爱看夹岸的桃花

巧笑嫣然

我爱看杨柳

婀娜多姿

我唱着歌

望天上云卷云舒

看庭前花开花落

高山不能阻挡我的脚步

相反

我会奏起激情的乐章

一路凯歌向远方

云

来自江河山川的呼吸
采撷日光月光星光

随心所欲
变化无穷
唯一不变的
是拥抱天空的心

小溪

蜿蜒

潺潺

清唱一路欢歌

汇集雨水雪水泉水

容纳春夏秋冬

平原禾秀

山林葱郁

奉献着自己的美

鱼儿欢迎我

鸟儿欢迎我

挽日月

担彩霞

江河因我泛起洁白的浪花

大海因我卷起斑斓壮阔

这就是我

一个以平凡创造伟大的我

执着

悬崖顶

盛开着芳香的百合

石缝间

挺出松柏的骨骼

重峦叠嶂有人翻越

茫茫沙漠有人探索

海底隧道

塬上铁路

开拓者的身影

在九天五洋

执着

执着

夜色

山姑娘梦里浅笑安然
小河倾诉着脉脉的歌
银河点点
牛郎织女星
把相思诉说

夜色
撩拨了尘封的故事
生动了美丽的传说

读李清照

婉约声里

一首首家国情怀

在泪边轻轻滑过

争渡争渡

那么多的水

再荡漾不了知音的欢歌

回忆是镣

思念是铐

卷帘故人

知否知否

向谁诉说

梅

白似雪
绯如霞
道骨仙风

醉了陆放翁
痴了林和靖
水墨之间
凌寒开放
让一枝独秀
清韵亦悠长

山路

绵长曲折
缠绕着高耸的石峰

向上向上
一步一步登到山顶
向上向上
一步一步踩出了路

极目远眺
最美的风光啊
总在最险处

月亮

皎洁的光悠长细腻
我追寻着你的足迹

只因走近了你
我的心里充满了感激
天涯共此时
这是多么美妙的事
徜徉中
我开心地像个孩子

元　媛卷

虞美人

　　粉墙高漫斜阳处,昨夜还似梦。相隔檀郎跨赤 兔,柳丝桃叶落无数。

　　鸟飞莺啭心儿乱,残针绕絮线。手卷真珠望重 楼,起身回首频频惹银钩。

浣溪沙

　　小园幽径泡桐飞,暖风香色玉楼人,可堪回见 巫峡魂。

　　早为虚度珠帘梦, 旧景如雨镂香沉,玉花惊起 一池春。

长命女

　　夜游宫,长歌一曲酒一盅。砌上落花风。逆风 解意相伴,圆月日 日相随,戎马金戈闲相置, 携手信步时。

采桑子

　　皑皑雪后春色美，草薰风暖，香叶纷飞，怎堪 忍折细柳时。

　　拂得清寂闲情去，正是忙时，方下田垄，润物 扑尘骤雨中。

相思令

　　昼相思，夜相念，春去春回春满殿，何日方相见。

　　朝曾见，暮别离，蟋蟀不见潇潇雨，怎似少年时。

鹧鸪天（一）

陌陌小寒轻拢纱,疏柳斜风入谁家。晓日初升 云随雨,碎打浮萍乱吹花。

吹花乱,花为难,离情无限向花笺。若得重逢 眉沁绿,一舞鸾歌几重烟。

霜天晓角

　　红烛摇晃,有谁堪与共? 怎忍推小弦窗,留
莫 住,那时光。

　　今日寒宫,哪似昨日穷庐? 又岂知天无月,
恁 叫人,悔个迟。

醉花阴

　　雾锁云迷薄衫透,闲窗檀香嗅。小扇悠悠
摇, 风阴沉水,漫漫经午后。

　　霏霏细雨携风诱,卷帘动屋漏。提裙踏青
阶, 玉落珠弹,楚商轻轻奏。

鹧鸪天(二)

　　醉打芙蓉袖红香,摇曳佳人散红妆。堕髻钗头 疏狂乱,懒整云纱步步芳。

　　回廊尽,陌上霜。一池碎萍砌满窗。它朝一旦 西风尽,漏断疏枝雁孤行。

阮郎归

　　低云斜雨镂香风,碧纱惊玉钟。淡烟绿柳映长 空,睡里闲女红。

　　纵使楼台先得月,画角声几重。情到醉时方显 浓,佳期在梦中。

月下笛

碧色芳草南陌,暖絮轻飞,暮云绯色。海角天 涯为客。鱼沉雁过与谁说。

苏幕遮

　　小渔歌，清碧荷。鱼嘶蝉鸣，飞鸟低声和。
映 接连天胜春色。恰似人间客。

　　舟轻摇，宝钗落。自在今朝，斜阳海天阔。
萍 草浮沉绕清波。心事化蝶说。

长相思

楚天寒,碧水寒,钱塘北岸几重峦,昼断盼夜阑。

来时春,去时春,萋萋芳草别王孙,罗裳轻几分。

菩萨蛮

靓妆新式艳香融,笔笔勾尽秋水情。纤指绕云 襟,翩翩朝云信。

素骨细凝冰,柔葱点香雪。远山清波动,黄粱 梦醒时。

醉垂鞭

　　桃李嫁东风,何处寻,玉郎踪。古道飞细柳,小径走香桐。

　　斜月蒙嘶骑,陌上路,小桡通。哪妨花为雾,当传心似钟。

清平乐

漏断云浓,斜雨染金风。点点寒光送黄鹄,小 阑轻围影东。

木棉朱瑾浅眠,小院偶传红笺。南雁欲隐时节,玉郎恰对细帘。

钗头凤

世凉薄,人难测。雨打合欢花便落。晓风乱,泪已干。无人共语,独坐凭栏。难、难、难

风如旧,秋风瘦。角声凄哀泪痕透。转身后,莫回头。各自心安,再无留恋。怨、怨、怨。

定风波

　　自秋到,万物零落,迟是落日花凋。金风银屏, 干木枯草,似是岁月老。风萧萧,雨潇潇,红颜未换恩先断。罢了。心已随风飘,暮暮朝朝。

　　残花相伴,红尘乱,谁言春日好? 路遥遥,无 人相忆终老,魂断奈何桥。春已了,秋已了,日暮黄昏无限好。谁知,无限惆怅无人相告。

临江仙

　　梦中闺门深锁,梦醒帘卷来迟。忆得仇恨情滋 味。叶落各独立,细雨莲并蒂。

　　曾记你我初见,牵手话说情思。如今何处再相 逢。去年明月在,却照两处情。

南歌子

　　香墨轻轻点,影粉处处匀。如雪衫子黛色裙。却立镜前无语,点绛唇。

　　自是飞花在,匆匆轻掩门。绯色双腮娇无限。眼波微微轻动,见郎君。